Karin Lorenz

Gefährliche Bekanntschaft

Thriller

Bibliografische Information der Deutschen Nationalbibliothek:
Die Deutsche Nationalbibliothek verzeichnet diese Publikation in der
Deutschen Nationalbibliografie; detaillierte bibliografische Daten sind
im Internet über http://dnb.dnb.de abrufbar.

Herstellung und Verlag: BoD – Books on Demand, Norderstedt

ISBN: 978-3-7347-8405-7

Gefährliche Bekanntschaft

Endlich war es soweit! Sie konnte es immer noch nicht glauben. Nun bestieg sie zum ersten Mal ein Flugzeug. Lange schon hatte sie Ameisen im Bauch, wenn sie daran dachte. Der Flug ging nach Mallorca. Eine Arbeitskollegin hatte ihr die Insel empfohlen. Das Hotel dort sollte sehr schön sein. Der erste Urlaub seit drei Jahren. Ihr Bruder Phil, der sie zum Flugplatz in Hamburg brachte, hatte für sie das Hotel in Colonia de Sant Pere gebucht. Nach dem Einchecken des Gepäcks noch eine liebevolle Umarmung und dann war sie auf sich allein gestellt. So viele Leute schon so früh unterwegs, unfassbar. Durch die Sicherheitskontrolle und dann in Richtung Gate A 27, eigentlich ist es ganz einfach. Dort angekommen, setzte sie sich zu den vielen anderen Wartenden und tat es ihnen gleich. Es war interessant, all diese Leute zu beobachten. Zwei kleine unbändig streitenden Kinder nervten ihre Eltern, die sich ihren Urlaub somit redlich verdient hatten. Endlich, nach einer guten Stunde war es dann soweit. Ausweis und ihr Ticket hielt sie in ihren Händen und folgte den anderen hinein bis in den Flieger. Es waren 3-er Sitzreihen und sie hatte den Platz am Fenster erwischt und schaute strahlend hinaus. Von hier aus konnte man bestimmt den ganzen Himmel sehen. Dann atmete sie tief aus.

Das wäre geschafft!

Neben ihr nahm ein sympathisch aussehender Mann, so um die 40, Platz. Sie bemerkte, dass er sich deutlich zu ihr herüber beugte. Bevor sie sich darüber wundern konnte, erkannte sie den Grund. Der Mann kam ihr so unangenehm nahe, weil er der dritten Person in ihrer Sitzreihe, einer stark übergewichtigen älteren Dame, weichen musste.

Nach kurzer Zeit, als alle Passagiere ihren Platz hatten, erfolgte die Begrüßung des Piloten. Danach gab eine Stewardess die Sicherheitsanweisungen. Beim Versuch den Anschnallgurt zu schließen, was bei ihr nicht gleich klappte, half ihr der Sitznachbar. Sie bedankte sich höflich und blickte in zwei tiefblaue Augen. Sie schämte sich ein wenig wegen ihrer Ungeschicklichkeit.

Der Start der Maschine war ein wenig wackelig. Dann wurde es allmählich ruhiger. Sie merkte fast gar nicht mehr, dass sie im Flugzeug saß. Hoch oben über der schneeweißen Wolkendecke war strahlender Sonnenschein, der nur von ihrem Strahlen aufgrund des atemraubenden Ausblicks, übertroffen wurde.

Sie war im Himmel und konnte es noch gar nicht richtig fassen.

Als die Crew mit Getränken vorbeikam, bestellte sie sich einen Tomatensaft. Ihr Sitznachbar war ihr beim Aufklappen des Tischchens behilflich. Er erkundete sich höflich: „Ist es Ihr erster Flug?" Sie bejahte und ärgerte sich über ihre Unsicherheit. Sie bedankte sich wieder einmal, wobei sie einen hochroten Kopf bekam.

„Wo soll es denn hingehen auf Mallorca?", erkundete er sich höflich.

Sie berichtete ihm, dass sie in ein Hotel in Colonia de Sant Pere wollte und sehr neugierig auf die Insel war. Er lachte freundlich und sagte: „Das ist ja ganz in der Nähe von meinem Domizil! Sie werden begeistert sein und sicher immer gerne wiederkommen. Aber entschuldigen Sie bitte, ich möchte mich Ihnen erst einmal vorstellen. Mein Name ist Robert Bache. Und mit wem habe ich das Vergnügen?" Seine Augen blitzten dabei lustig. „Mein Name ist Lukia Beck", antwortete sie. Sie war äußerst angenehm überrascht von der Höflichkeit dieses Mannes. Er wurde ihr immer sympathischer. Ihr Blick wanderte zu seinen Händen. Er trug einen Ring an der rechten Hand. Sicher ein Ehering, nahm sie an.

Während des Fluges machte er ihr Lust auf die Insel. Er plauderte mit ihr in einer Leichtigkeit als würden sie sich schon lange kennen. Dadurch verging die Flugzeit sprichwörtlich wie im Flug. Nach etwa drei Stunden, als der Pilot die bevorstehende Landung ankündigte, waren wieder die Schmetterlinge in ihrem Bauch. Was würde sie noch alles Schönes erleben in ihrem Urlaub? Ihr Sitznachbar schaute ihr in die Augen und sagte: „Vielleicht sehen wir uns ja mal zufällig auf der Insel! Auf jeden Fall, wünsche ich Ihnen einen schönen Aufenthalt." „Ich danke Ihnen, auch für die nette Flugbegleitung.", antwortete sie. Er hatte einen großen Eindruck auf sie gemacht und in ihrem Inneren bedauerte sie, jetzt auf seine Begleitung verzichten zu müssen.

Auf dem Fluggelände folgte sie den vielen Leuten zu der Kofferausgabe. Sie dachte: „Gut, dass ich ein Sicherheitsschloss an meinem Koffer angebracht habe. Das hält Diebe ab. Heutzutage kann man ja niemanden mehr vertrauen. Und mit dem bunten Band am Griff, sehe ich ihn sofort. Bei so vielen blauen Koffern wäre es sonst wohl schwierig geworden, schnell den richtigen zu finden." "Hallo, da sind Sie ja schon wieder!", rief eine Stimme neben ihr. Die Stimme gehörte dem Robert Bache. Gemeinsam hielten sie Ausschau nach dem richtigen Koffer. Als dieser ankam, half er ihr diesen vom Band zu heben. „Oh, da ist meiner ja auch schon.", rief er und lachte dabei freundlich. „Ich mag ihn.", dachte sie unschuldig. Da waren sie wieder, diese Schmetterlinge, die aber dieses Mal nicht von der Reise herrührten.

„Wie kommen Sie denn in Ihr Hotel?", erkundigte er sich fürsorglich. Noch bevor Lukia auf die Frage antworten konnte, schnipste Robert mit seinen Fingern: „Ich mache Ihnen einen Vorschlag, da Ihr Hotel ganz in meiner Nähe ist, könnte ich Sie mitnehmen. Mein Auto steht in der Parkgarage. Sie wären eine nette Begleitung während der Fahrt." „Aber das ist wirklich nicht nötig.", entgegnete sie ihm leicht auf dem Boden blickend. „Ich nehme den Bus." „Das kommt gar nicht in Frage, sie fahren mit mir." Er nahm ihren Koffer, hakte sie unter, und steuerte auf die Parkgarage zu. Dabei ging er so schnell, dass sie kaum Schritt halten konnte und ihr brach der Schweiß aus. Zusätzlich schlug die warme spanische Luft ihr entgegen, sodass sie mit ihrem Kreislauf ein wenig zu kämpfen hatte. Also war sie doch recht froh, mitfahren zu können. Es war kurz vor halb fünf als sie die Parkgarage verließen.

Sie hatte auf dem Beifahrersitz Platz genommen. Nun konnte der Urlaub beginnen und sie lehnte sich entspannt zurück.

Leise Musik ertönte aus dem Radio. Sie nahm ihr I-Phone aus der Tasche und schrieb ihrem Bruder Phil eine WhatsApp-Nachricht. Mit kurzen Worten teilte sie ihm ihre Ankunft mit und versprach, sich vom Hotel aus nochmal zu melden. Sie hatte eine sehr enge Beziehung zu ihrem Bruder, der seit kurzer Zeit mit einem Mann namens Alf zusammenlebte. Ihre Eltern waren vor fünf Jahren bei einem Autounfall ums Leben gekommen. Sie hatten nur noch sich!

Herr Bache konzentrierte sich aufs Fahren und sprach nicht viel. „Tut es ihm vielleicht schon leid, dass er mich mitgenommen hat?", dachte Lukia. Sie erzählte von ihrem Job und allgemeine Dinge aus ihrem Leben. Er antwortete nicht! Auf einmal war er gar nicht mehr so nett! Was war los? „Habe ich etwas Falsches gesagt?", überlegte sie. Nach einer guten Stunde fragte sie ihn:" Ist es noch weit?" Er schaute sie an, seine Augen waren zu kleinen Schlitzen zusammengepresst. Nichts erinnerte an den freundlichen Herrn von vorhin. Er sagte laut: „Halt die Fresse, sonst schlage ich sie dir ein!" Schlagartig blieb Lukia die Luft weg. Lauter Gedanken kreisten durch ihren Kopf. Sie begriff nicht! Was war passiert? **Was war los**?

„Glaubst du, ich hätte dich wegen deines netten Aussehens oder deines Blablas mitgenommen? Da irrst du dich aber gewaltig! Ihr Weiber seid doch alle gleich. Ist mal einer nett zu euch, fallt ihr jeden Kerl ohne Bedenken um den Hals." Lukia war wie gelähmt. Sie konnte keinen klaren Gedanken fassen.

Allmählich wurde ihr klar in welcher Gefahr sie sich befand. Sie versuchte krampfhaft nachzudenken. Was sollte sie tun? Niemand, aber auch niemand ahnte, wo sie sich gerade aufhielt. „Wie unvorsichtig bin ich gewesen. Ich, die sogar ein zusätzliches Schloss an meinen Koffer mache. Ich muss irgendetwas tun!"

Sie versuchte ganz vorsichtig ihr Handy aus der Tasche zu ziehen. Aber schon schrie er: "Was machst du da?". „Ich wollte mir nur die Nase putzen.", stotterte sie. „Nichts da, behalt nur den Schnotter im Gesicht. Das passt zu deiner ekligen Fratze!" Er riss ihr die Tasche weg. Ihre Halskette hatte sich an der Tasche verhakt, und rutschte ihr vom Hals. Er warf die Tasche auf den Rücksitz. „Versuch das nie wieder!", warnte er sie. An der nächsten roten Ampel löste sie den Gurt und versuchte die Tür zu öffnen. Aber er gab Vollgas und bremste dann so scharf, dass Lukia mit ihrem Kopf gegen die Windschutzscheibe knallte. Der Schlag war so heftig, dass sie für kurze Zeit das Bewusstsein verlor. Als sie wieder zu sich kam, war sie mit etwas Tauähnlichem am Sitz festgebunden. Sie konnte ihre Arme nicht mehr bewegen und etwas Warmes rann ihr von der Stirn.

Sie wollte weinen, aber sie konnte nicht. Er fluchte, weil sein Auto beschmutzt war.

Kurze Zeit später hielt er an einer Tankstelle. „Kann ich bitte auf die Toilette gehen?", fragte sie leise. „Nein, du wartest bis ich es dir unterwegs erlaube.", zischte er und warf eine Jacke auf ihren Schoß, um das Tau zu verbergen. Ein Mann, der nebenan tankte, schaute ins Auto während Herr Bache zahlte. Doch bevor sie schreien konnte, war Herr Bache schon wieder zurück. „Kann ich Ihnen helfen? Ihre Frau ist verletzt.", fragte der Mann. Bache legte ihm freundlich eine Hand auf die Schulter und sagte in der freundlichen Art, wie bei ihr am Anfang: „Vielen Dank, das ist sehr freundlich von Ihnen, aber wir sind gerade auf dem Weg zum Arzt.", antwortete Herr Bache, grüßte freundlich und stieg ein. An einem Waldstück hielt er, ließ sie aussteigen und hielt das Tauende fest. „Los, hock dich da hin und mach ja keine Zicken!" Es war so menschenunwürdig! Sie spürte, dass sie ihm vollständig ausgeliefert war. Er zerrte an dem Tau und sie musste wieder einsteigen. Keine Gelegenheit zu flüchten. Ihr Kopf schmerzte und der ganze Mut verließ sie. Sie saß in der Falle.

Ihr Bruder Phil fing an, sich allmählich Sorgen zu machen. Noch immer hatte Lukia sich nicht gemeldet. „Sie muss doch schon im Hotel sein.", dachte er, „Und wieso geht sie nicht an ihr Handy?"

Seit eineinhalb Jahren wohnen die beiden Tür an Tür in zwei Appartements und regelmäßig unternahmen sie zusammen Ausflüge und Spieleabende.

Lukia arbeitete in einem Anwaltsbüro, nicht weit von ihrer Wohnung entfernt.

Doch er vertraute seiner Schwester und so ging er mit einem leichten Magen-grummeln ins Bett.

Das Auto mit Lukia hielt vor einer kleinen verfallenen Hütte. Robert Bache zog sie aus dem Auto heraus. Es dämmerte schon und Lukia konnte nicht viel erkennen. Sie stolperte hinter ihm her. Die Tür zur Hütte war leicht geöffnet. Er stieß sie hinein und knallte die Tür hinter sich ins Schloss. Ein Tisch, zwei Stühle sowie eine Matratze in der linken Ecke konnte sie erkennen. Er löste das Seil an ihren Händen und schubste sie auf einen Stuhl. „Wenn du schreist", sagte er, „dann schlage ich dich windelweich! Es wird dich sowieso niemand hören!" Er drehte sich um, und verließ den Raum, jedoch nicht ohne ihn abzuschließen. Lukia ging zur Tür und hämmerte solange auf sie ein, bis ihre Hände schmerzten. Sie ging zum Fenster. Aber auch das war durch ein Eisengitter gesichert. Sie war gefangen in diesem Verließ. In ihrem Kopf kreisten die Gedanken wild durcheinander. Sie schluchzte und betete! Sie legte sich auf die Matratze und ließ ihren Tränen freien Lauf. Dabei musste sie vor Erschöpfung eingeschlafen sein, denn als sie erwachte, hörte man draußen das erste morgendliche Zwitschern der Vögel.

Als Phil am Morgen erwachte, und noch immer nichts von seiner Schwester gehört hatte, wusste er, dass etwas passiert sein musste. Er rief das Hotel auf Mallorca an, um zu erfragen, ob Lukia angekommen war. Man verneinte! Dann rief er die Polizei in Hamburg an. Er schilderte das Verschwinden seiner Schwester. Die Polizei beruhigte ihn, bat ihn aber auf das Kommissariat zu kommen. Man versprach ihm dort, sich bei der Fluggesellschaft zu erkundigen und sich unverzüglich bei Neuigkeiten zu melden. Was konnte nur passiert sein?

Lukia ging zum Fenster und bemerkte, dass die Hütte an einem Abhang stand. Sie versuchte wieder die Tür zu öffnen, doch das war zwecklos. Nach geraumer Zeit wurde die Tür aufgeschlossen und der Entführer betrat den Raum. Er stellte eine Flasche Wasser auf den Tisch und einen Pappteller mit einem Brotkanten. Sie schrie ihn an: „Was habe ich Ihnen getan, was wollen Sie von mir?" Sie trommelte auf ihn ein, doch er würdigte sie keines Blickes und stieß sie mit Leichtigkeit zurück. Dann verließ er wieder die Hütte und verschloss die Tür!

Hastig trank sie etwas Wasser. Essen konnte sie nichts. Ihr Magen war wie zugeschnürt. Die Tränen rannen ihr übers Gesicht und sie schluchzte laut. Dann ging sie mit unsicheren Schritten zur Tür. Sie war natürlich verriegelt. Das kleine Fenster gab nur einen kleinen Spalt Sicht nach draußen frei. Es war noch ziemlich dunkel. Nur ein kleiner Lichtschein, der von der Tür kam, war sichtbar.

Der Wind blies wohl sehr heftig, denn sie hörte das Rascheln der Blätter. Also mussten draußen einige Bäume stehen.

Plötzlich wurde die Tür aufgeschlossen und der Entführer stand vor ihr.

„Hinlegen!" schrie er und schubste sie auf die Matratze. Er nahm eine Spritze aus der Tasche und stach sie, ohne zu zögern, in ihren Arm. „Das ist mein Ende!", dachte Lukia noch, dann verlor sie das Bewusstsein. Als sie wieder zu sich kam, wusste sie nicht, wie viel Zeit inzwischen vergangen war. Sie lag halb nackt und ohne Slip auf der Matratze. „Mein Gott!", dachte sie, „Was hat er mit mir gemacht?". Draußen war es wieder dunkel. Sie blickte sich im Raum um. Sie sah wie durch einen dichten Nebel, aber eines erkannte sie genau: Die Tür stand offen. Sie zitterte am ganzen Körper und ihr Kopf schmerzte fürchterlich. Wie unter Hypnose zog sie, so rasch wie es ihr in ihrem Zustand möglich war, ihre teilweise zerrissene Kleidung an. Sie stürzte aus der Tür und blind vor Tränen lief sie los. Es war ein abschüssiges Gelände. Sie stolperte mehrfach, rappelte sich wieder hoch und hastete weiter. Aus Angst, der Kerl könnte sie verfolgen, schaute sie immer wieder zurück. Teilweise rutschte sie sitzend durch das Gestrüpp. Sie spürte nichts von ihren Verletzungen an den Armen und Beinen. Alles war taub! Sie hatte nur noch einen Schuh an. Sie kam an dem steilen Abhang nur sehr langsam voran. Die Angst verlieh ihr unheimliche Kräfte. Dann hörte sie in der Ferne leise Geräusche. „Es muss wohl eine Straße in der Nähe sein.", schoss es ihr durch den Kopf. Ihr Herz klopfte bis zum Hals. Richtig! Sie konnte es fast nicht glauben.

Sie taumelte auf die Straße und brach vor Erschöpfung zusammen. Ein Ehepaar, das auf dem Nachhauseweg war, konnte gerade noch rechtzeitig bremsen. Es brachte sie in die nächste Klinik. Da sie keine Ausweispapiere bei sich hatte und niemand wusste was ihr passiert war, verständigte man die Polizei.

Am nächsten Morgen erschien der Kriminalkommissar namens Lopez. Ein freundlicher, rücksichtsvoller Mann, der zum Glück sehr gut deutsch sprach. Vorsichtig erkundigte er sich bei Lukia, was passiert war. Langsam und tränenreich, schilderte sie ihm, was ihr geschehen war. Nachdem sie ihren Namen nannte, erinnerte sich der Kommissar an die Vermisstenanzeige ihres Bruders. Es war inzwischen eine halbe Woche vergangen. Er versprach ihr, ihren Bruder sofort zu benachrichtigen. Danach fiel sie wieder in einen tiefen Schlaf.

Die ärztliche Untersuchung am nächsten Tag ergab, dass der Täter sich an ihr vergangen hatte. Die Ärzte überließen es ihrem Bruder, der inzwischen eingetroffen war, sie davon in Kenntnis zu setzen. Phil saß an ihrem Bett und hielt sie in den Armen. „Meine Kleine, es wird alles wieder gut.", sagte er. „Du musst jetzt ganz tapfer sein. Ich und Alf sind immer für dich da." „Bring mich fort von hier, bring mich nach Hause.", bat sie ihn schluchzend. Nach zwei weiteren Tagen durfte sie das Krankenhaus verlassen. Der Kommissar Lopez brachte sie und ihren Bruder zum Flugplatz.

Blass und still fuhr sie mit ihrem durchgängig redenden Bruder zum Flughafen. Doch sie hörte nichts und starrte in die Ferne. Als sie dann aber im Parkhaus angekommen waren, schlug ihr Herz so heftig, dass sie kaum noch Luft bekam. Phil versuchte alles, um sie zu beruhigen und umarmte sie. Zum Glück hatte er von den Ärzten ein Beruhigungsmittel mitbekommen. Es half ihr ihren Körper unter Kontrolle zu bringen. „Was ist nur mit mir los?", fragte sie sich im teilweise sedierten Zustand als sie wimmernd vor dem Flugzeug zusammenbrach. Phil half ihr behutsam hoch und sie stiegen gemeinsam ins Flugzeug.

Es wurde ihr erst nach und nach klar, was passiert war. Sie wurde vergewaltigt. Wie oft hatte sie so etwas gelesen und nun war es ihr selbst passiert. „Ich werde nie wieder glücklich werden. Nie wieder werde ich jemanden vertrauen können und das Schlimmste ist, ich werde es nie vergessen können!"

Sofort wurde in der gesamten Region nach dem Täter gefahndet. Das Täterprofil passte genau zu zwei anderen, ähnlichen Fällen. Auch da wurde jeweils eine Frau entführt und anschließend vergewaltigt. Aber die Filmaufnahmen der Tankstelle waren zu schlecht, um darauf etwas Brauchbares zu erkennen und der Täter hatte bar bezahlt. Die Fahndung hatte keinen Erfolg.

Für Lukia war es sehr schwer in den Alltag zurückzufinden. Phil und Alf, sowie ihre Kollegin Ronja, die sie regelmäßig in dieser Zeit besuchte und eine wichtige Stütze war, rieten ihr zu einer vierwöchigen Therapie. Sie willigte ein. Diese Therapie zeigte ihren Erfolg. Sie konnte schon mal wieder lachen. Es war gut mit Anderen, die Ähnliches erlebt hatten, zu reden. Sie war nicht allein mit diesem Problem. Sie wollte wieder glücklich sein, so wie vor dem schrecklichen Erlebnis. Sie begann danach wieder zu arbeiten. Keiner der Kollegen sprach sie auf das Erlebte an, dafür hatte Ronja gesorgt.

Fast ein Jahr später bekam sie eine Nachricht aus Mallorca. Kommissar Lopez teilte ihr mit, dass im Gebirge eine Frauenleiche gefunden wurde. Nicht weit entfernt von einer Hütte. Bei Grabungen rund um die Hütte, fand man mehrere Taschen, Kleidungsstücke und Handys. Einiges wurde ihr zugeordnet. Um das zu bestätigen und in Empfang zu nehmen, wäre es nötig nach Palma zu kommen.

Lukia wackelte stark mit ihrem Bein. „Ich kann da nicht hinfliegen. Das ist doch viel zu teuer. Ich habe nicht genug gespart.", stotterte sie. Sie blickte hilfesuchend durch die Gegend.

Ihr Bruder missverstand die Situation und wies sie darauf hin, dass die Nachricht enthielt, dass die Flugkosten und eventuell Übernachtungen von den Behörden übernommen würden. Doch als sich Lukia dadurch nicht beruhigen lies, dämmerte es Phil. Natürlich war es nicht das fehlende Geld, das Lukia davon abhielt zurückzukehren.

Er und Alf versprachen ihr, sie zu begleiten und nicht aus den Augen zu lassen. „Das muss sein," sagte Alf, „damit du Kapitel abhaken kannst."

Als sie in Palma ankamen, wurden sie von Kommissar Lopez abgeholt und in das Präsidium gefahren. Dort erfuhren sie, dass der Täter noch nicht gefasst wurde. Die Suche würde auf Hochtouren laufen, versprach man ihr. Es war ihre Tasche mit sämtlichen Papieren und auch ihr Handy war gefunden worden. Sie nahm alles in Empfang und verabschiedete sich von Kommissar Lopez mit den Worten: „Ich hoffe, dass sie ihn bald fassen, bevor noch andere Frauen auf ihn hereinfallen."

Wieder zu Hause standen die Erinnerungen wieder im Vordergrund. Sie zog sich wieder sehr zurück. Sie schaute immer wieder in ihre Tasche um diese zu kontrollieren. Kontrolle ist das, was sie jetzt am meisten benötigte. Dabei bemerkte sie, dass etwas fehlte. Ihr fiel ihre Kette ein, die sie getragen hatte. Sie war ihr beim Handgemenge vom Hals gerissen worden. Es machte sie sehr traurig, denn es war ein Erbstück ihrer Großmutter. Eine Weißgoldkette mit einem eingefassten Smaragdanhänger.

Freunde und Kollegen versuchten immer wieder, sie dazu zu bewegen, am Leben wieder teilzunehmen. Ronja war die einzige Person, bei der sie ihre Sorgen abladen konnte.

„Du musst das alles hinter dir lassen.", riet sie ihr. „Du wirst sonst niemals mehr glücklich. Lass dir das Leben nicht von diesem Dreckskerl kaputtmachen!" sagte sie ihr immer wieder. „Lass dich wieder mal auf etwas Spaß ein." „Ich werde es versuchen." versprach Lukia und umarmte sie fest. „Es ist schön, dass ich dich habe! Danke! Früher habe ich immer davon geträumt, einmal zu heiraten und Kinder zu haben. Jetzt habe ich Angst jemanden wieder zu vertrauen."

Als sie abends mit Phil und Alf zusammensaß, eröffnete ihr Bruder ihr, dass er und Alf vor haben zu heiraten. „Ich freue mich sehr für euch.", lächelte Lukia dem Paar entgegen. Eine Lüge, die sie niemals hätte zugeben können! Mit einer Kraft, die ihr Übermenschliches abverlangte, schluckte sie die aufsteigenden Tränen hinuter. Denn ihr Bruder bekam nun das, was ihr verwehrt bliebe. Abends, als sie alleine war, vergrub sie ihr Gesicht in ihre Hände und schämte sich ihrer Gedanken.

Im Frühjahr, Anfang Mai, war es denn soweit. Es gab viel vorzubereiten. Alfs Schwester, die auf Mallorca als Reiseleiterin tätig war, kam schon eine Woche vorher. Ihr Name war Mareike. Schon bei ihrer Ankunft, nahm sie jeden in den Arm und drückte diese lange und mit einem breiten ehrlichem Grinsen. Lukia war ihr von Anfang an sehr zugetan.

Durch sie hatte Lukia das Gefühl, wieder etwas Lebensfreude zurückzubekommen. Sie war es auch, die sie überreden konnte, mit ihr in die Stadt zu fahren. Einfach so zu bummeln. Sie konnte sie überreden, sich ein wunderschönes Kleid zu kaufen. Ein wunderbarer Tag für Lukia.

Am Tag der Hochzeit machte Lukia sich in aller Ruhe zurecht, und war mit ihrem Spiegelbild absolut zufrieden. Zum ersten Mal war wieder ein Glanz in ihren Augen. Glücklich ging sie in das Apartment ihres Bruders. Vom Wohnzimmer hörte sie auch die Stimme von Mareike. „Hallo, ihr Lieben wie gefalle ich euch?" „Du siehst wunderschön aus!", sagte ihr Bruder und Mareike und Alf bestätigten es.

Während Mareike Lukia innig umarmte, fiel Lukia in Schockstarre! Das ist doch nicht möglich. Das kann nicht sein! Mareike trug die Kette ihrer Großmutter.

Sie war sich ganz sicher. Das Ereignis, dass ihr Leben völlig aus dem Ruder warf, war wieder in den Vordergrund gerutscht. „Was ist los, was hast Du? Du bist ja ganz blass! So red doch!" Mareike war ebenfalls blass geworden. „Wo hast Du die Kette her?", stotterte Lukia."

„Diese Kette? Wieso? Weshalb? Ich verstehe nicht!" Alle drei schauten sie fragend an. Lukia setzte sich und holte tief Luft. Da erkannte auch Phil, was der Grund ihrer Aufregung war. „Das ist wahrlich ein seltsamer Zufall.", dachte er noch anfangs. Es war die Kette, die Lukia damals vom Hals gerissen wurde. Genau diese Kette zierte den Hals von Mareike. „Bitte, wir wollen uns erstmal ein wenig beruhigen. Um die Hochzeit nicht ganz zu vermiesen.", nahm Lukia sich zusammen. „Blödsinn!", rief Phil aus, nachdem er sah wie verstört seine Schwester war: „Wir verschieben die Feier!" Lukia erschrak. Erst konnte sie sich nicht für ihren Bruder freuen und jetzt soll sie auch noch dafür verantwortlich sein, dass die Hochzeit verschoben wird. Kraftlos krallte sie sich an ihren Bruder: „Tu das nicht!"

Mareike hatte die Kette abgelegt. Aber es sollte sich doch nicht eine heitere Stimmung einstellen. Nach dem Essen, als die Gäste sich verabschiedet hatten, fuhren die vier nach Hause.

„Wo hast Du diese Kette her?", fragte Lukia vorsichtig. „Warum fragst Du? Und warum hat die Kette dich so sehr erschreckt?", wollte Mareike wissen. Gemeinsam erzählten sie was Lukia vor fast 2 Jahren passiert war. Mareike wurde blass! „Nun verstehe ich.", antwortete sie. „Die Kette hat mir ein guter Bekannter geschenkt. Ich werde ihn sofort anrufen, um zu erfahren, wie er zu dieser Kette kam."

Mareike erfuhr, dass ihr Bekannter die Kette bei einem in Palma ansässigen Schmuckhändler erstanden hatte.

Er gab ihr auch die Adresse durch. Zwischenzeitlich hatte Lukia den Kommissar Lopez von der Kette berichtet. Er versprach, persönlich bei dem Schmuckhändler vorbeizufahren. Dann wieder banges Warten. Zwei Tage später meldete sich Kommissar Lopez und berichtete, dass dieser Schmuckhändler nicht existiert. Mareikes Bekannter hat sich nicht wieder gemeldet.

Die Polizei versuchte ihn ausfindig zu machen. Und auch Mareike nahm immer wieder den Hörer in die Hand, doch es war vergeblich. Bei der Firma, bei der er angeblich arbeitete, war er nie beschäftigt. Die Beschreibung dieses Mannes ergab, dass es sich wahrscheinlich um den Täter handelte. Für Mareike war es nahezu unmöglich, dass dieser „nette" Bekannte auch nur im Entferntesten etwas mit dieser Sache zu tun haben sollte. Aber alles deutete daraufhin! Sie flog am nächsten Tag zurück nach Mallorca. „Es wird sich schon aufklären.", hoffte sie. Dieser Unglauben ließ sie auch den zweiten Wohnsitz ihres Bekannten bei der Polizei verschweigen.

Als Mareike auf Mallorca gelandet war, nahm sie sich in Taxi und fuhr direkt zu der Wohnung ihres Bekannten. Sie klingelte Sturm, doch niemand öffnete. Mit dem Handy versuchte sie ihn erneut anzurufen. Doch, was war das? Sie hörte ganz deutlich den Klingelton durch die Tür. Sie klopfte immer wieder laut. Dann öffnete sich die Tür des Nachbarn.

„Wenn sie zu Herrn Bache wollen, glaube ich, dass er verreist ist. Ich habe ihn schon längere Zeit nicht gesehen." „Aber man verreist doch nicht ohne sein Handy! Das glaube ich einfach nicht.", mutmaßte Mareike. „Sie haben recht! Das kann ich mir auch nicht vorstellen." Der Nachbar wirkte alarmiert. Beide klopften nochmals laut an die Tür. Nichts......! „Wir sollten die Polizei verständigen. Vielleicht ist ihm was zugestoßen!", meinte der Nachbar. Sie verständigten die hiesige Polizei, die auch schon nach kurzer Zeit erschien. Dann fand man ihn. Er hatte eine Überdosis Schlaftabletten genommen. Man fand ein Notizheft, in dem Robert Bache die Namen seiner Opfer mit allen Details, was er ihnen angetan hatte, eingetragen hatte. Mareike konnte es nicht fassen! Sie hatte ihn gemocht! Er war immer sehr zuvorkommend. Sie konnte sich nicht vorstellen, dass er zu so etwas fähig gewesen war. Sie wusste aber auch, dass sie unter Umständen auch ein Opfer geworden wäre. Schnell benachrichtigte Mareike dann Lukia von den Ereignissen. Endlich wusste sie, dass dieser Mann niemals mehr einer Frau so etwas antun konnte. Vergessen wird sie diese Tat niemals, aber sie ist jetzt endgültig Vergangenheit.

Ende

Poesie!

Kann man vergessen, was einst geschah?

Das kann Dir niemand sagen.

Noch lang bleibt die Erinnerung sehr nah,

wird Dich in Deinen Träumen plagen.

Doch sicher kommen noch schöne Zeiten,

die Dich auch mal vergessen lassen.

Pass auf, dass diese Dich lange begleiten.

So vergisst Du vielleicht ein wenig das Hassen.

_____

Hab viel gemacht und viel gelacht,

hab viel probiert und viel studiert.

Nun bin ich alt und hätte nie gedacht,

Wieviel auch heut noch Freude macht.

Ich hoffe, es hört niemals auf,

Ich bin auch heut noch sehr gut drauf! 😁

———————————

Allein auf Reisen wer hätte das gedacht,

dass ich das habe fertiggebracht.

Könnte mein lieber Mann das noch sehen,

würd er die Welt nicht mehr verstehen.

Was macht sie bloß? Was denkt sie sich?

Allein zu reisen ohne mich?

Ich bin nicht da, kann sie nicht belauschen,

Wird sie heimlich Blicke tauschen?

Jetzt reise ich allein ohne meinen Mann.

Ich weiß, dass ich ihn niemals mehr küssen ♡ kann,

War die Eifersucht auch schwer zu ertragen,

Würd ich „ihn" heut gern wieder haben!

Lebenslust

Ganz langsam geht die Sonne unter,

es war ein wunderbarer Tag.

Ein Hauch von Herbst liegt in der Luft,

so wie ich es gerne mag.

Was kann es denn noch Schöneres geben

Als hier auf dieser Welt zu leben?

Doch alles hat man nur auf Zeit,

wovon am Ende dir nichts bleibt!

Im Wartezimmer

Der Rücken schmerzt, ich kann nicht gehen,

da wird mir klar, das muss der Arzt ansehen.

Ich ruf beim Arzt erst einmal an

ob ich einen Termin haben kann.

Drei Wochen später der Rücken schmerzt noch immer

sitze ich endlich im Wartezimmer.

kein freier Stuhl, das kann nicht sein

Ich glaub ich fang gleich an zu schreien 😱

Endlich kam der Nächste dran,

So dass ich mich nun setzen kann.

Mir gegenüber sitzt ein Mann,

dem ist die Hose wohl zu stramm.

Er rutscht auf dem Stuhl hin und her,

ist sicher 20 Kilo zu schwer.

Zwei Frauen, die daneben sitzen,

fangen sichtlich an zu schwitzen 😰

Die Zeit vergeht, nur langsam geht es voran,

Ich frage bei der Anmeldung wie lang ich noch warten
kann?

Genervt sagt sie: Es tut mir leid,

ich rufe sie auf, wenn es ist soweit!"

Ich setz mich also wieder hin,

Obwohl ich schon sehr sauer bin.

Die Luft ist schlecht, ich bitte dann

ob ich ein Fenster öffnen kann?

Gesagt, getan, doch nach kurzer Zeit

herrscht hörbar Uneinigkeit.

Mir ist kalt, es zieht so sehr!

Das Fenster zu, bitte sehr.

Ich denke, ich zähle bis 30, dann werde ich gehen

Bei 30 denke ich, nun gut nochmal bis 10.

dann atme ich tief und denke daran,

dass ich so schnell keinen neuen Termin haben kann.

Eine halbe Stunde später, war es dann soweit

Nach fast 2 Stunden Wartezeit.

Das große Klagen hat doch keinen Sinn,

Das nächste Mal geh ich doch wieder hin!

Wat för'n DAG

Eine Geschichte auf Plattdeutsch

Hallo Lüüd, um mol war för mi'n Wohl to do'n, go ick eenmol inne Week to de Volkshochschool to'n Yoga. Dor lehrt man, sick nich jümmers över jeden Kleckerkrom optoregen. To'n Bispeel, dörch dat richtige aten. Deep inaten, Pust anhol'n und dann wedder lang utpusten. Bi'n inaten Buk rut und bi'n utpuusten Buk wedder rin. So blievst du jümmers ganz gelassen.

Nu, middeweek morgens, bi'n Tähnbösten, fallt mi doch mi'n Tähnbrüch in dat Wachbecken,

dor bi wär een von de vorderen Tähn bi avbroken. Verflixt nochmal dach ick. aver wat hebb ick leehrt? Ganz gelassen blieven und deep in und utpuusten. Nütz jo nix! Ick erstmol to'n Tähndokter. De Tövstuuf war full bit to'n letzten Platz. Fast twee Stünn mut ick töven. Dann geit dat gau. He har erstmol provisorisch de'n Tähn anbackt. Andere week Schall ick wedder hin.

Dann Mudder ick fe brüch dorloten. Een Viertelstünn loter wär ick wedder buten. Nu noch gau wat inkopen!

As ick an'e Kass stünn, föhrt mi so'n lüttscher Bengel mehrfach mit de'n Inkopwogen in mine Hacken. No dat 3. mol bet ick deMudder, mol uptopassen op de'n Jung. Dat dein mi weh! Doch rums har ick de'n Wogen wedder in mine Hacken. Wütend dreih ick mi um und treck de'n Bengel ganz sacht an de Lauschers. Man, dor wär wat los! De Mudder blafft mi an, von wegen Gewalt gegen Kinner und palaver palaver! Ick hebb mi dann gau entschuldigt, mine Soken inpackt und rut ut de'n Loden.

In mi'n Auto hebb ick erstmol mine Atemübung mögt. Deep in - un utaten. Denn aber gau ab no Huus. Dor hebb ick denn wat eten und rop op de Couch. Ick heff gut 1 Stünn slopen.

Achterran hebb ick erstmol een Beker Kaffee drunken. Weil de Sünn so schoin scheint har will ick noch bütten in mi'n Goorn. Bi'n rutgohn fallt mi doch min Slötel von dat goornhus dörch dat Rost von de Kasematte.

Ick hebb dann das Rost besiegt schoben, Dor geit binnen de Klönkasten. Mien Fründin wär anne Strip. No dat vertellen, wat allens morgens wesen wär, wüll ick wedder no buten go'n.Aber dann: Dat glövt nimmers, har ick dat fehlende Rost ganz vergeten. Ick pedd ins Leere und Knall mit voller Wucht in dat Lock. Ick dach ick starv. Dörch mi'n luut Gejammer har mi'n Neighbor dat mitkriegen und wull l mi helpen. Aber he künn mi nich ruttrecken. De Smarten wär'n to doll. He röpt de'n Notdokter, de wenich läter käm. De bröcht mi in dat Krankenhus. Twee Rippen wär'n anknackst. Ick hebb wohl markt, dat de Dokter schmunzelt har, as ick em de Geschichte verkloort har. Man kann nix for mi do'n, nur Roh kann helpen, meint he.

Ick kunn wedder no huus. As ick denn loter in mi'n Stresslesssessel sit, wull ick mi'n Atenöbung maken , aber dat ging nich. De Smarten wär'n to bannig. Do hebb ick lud dacht

WAT FÖR'N DAG !!!!

Für meinen Liebsten

Ich nehme mir Zeit und hab nachgedacht

Dabei habe ich Dir dieses Gedicht gemacht.

Du hast mich gelehrt in vielen Jahren

Das Wichtigste im Leben zu bewahren,

zu sehen die schönen Dinge der Welt

Die nicht zu bezahlen sind mit Geld.

Ich habe gelernt Wald und Blumen zu sehen

und nie mit geschlossenen Augen zu gehen.

Was ich stets erbat, hab ich auch bekommen

und war vor Glück manchmal ganz benommen.

Wenn wirklich einer mein Schicksal lenkt,

dann hat er mich sehr reich beschenkt.

Was kann man mehr wollen, als sein so wie ich,

zufrieden und glücklich „ICH LIEBE DICH"

•